22 JUIN 1890

INAUGURATION DU MONUMENT

ÉLEVÉ A TROYES, A LA MÉMOIRE DES ENFANTS DE L'AUBE

MORTS POUR LA PATRIE EN 1870-1871

Ce qui fait
LA PATRIE

PAR

J.-B. BERNOT

PRÉSIDENT DE LA SOCIÉTÉ DE PROTECTION DE L'ENFANCE OUVRIÈRE DE TROYES

OFFICIER DE L'INSTRUCTION PUBLIQUE

His amor unus erat pariterque in bella ruebant.

VIRGILE.

TROYES

IMPRIMERIE ET LITHOGRAPHIE DUFOUR-BOUQUOT

Rue Notre-Dame, 41 et 43

1890

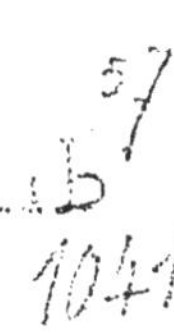

Lith. Dufour-Bouquot, Troyes

VAINCRE OU MOURIR !

A LA MÉMOIRE

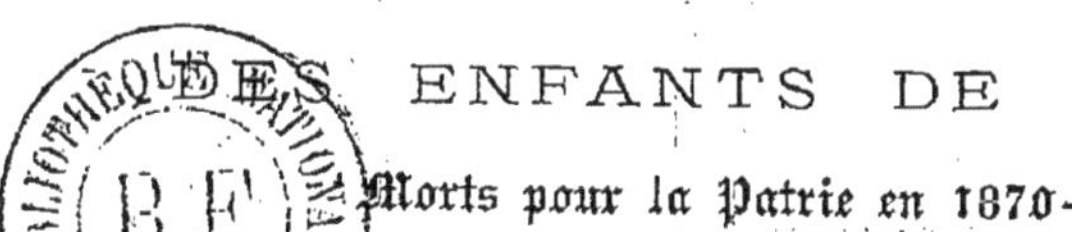

DES ENFANTS DE L'AUBE

Morts pour la Patrie en 1870-1871

CE QUI FAIT LA PATRIE

ODE

PAR M. J.-B. BERNOT

PRÉSIDENT DE LA SOCIÉTÉ DE PROTECTION DE L'ENFANCE OUVRIÈRE DE TROYES

OFFICIER DE L'INSTRUCTION PUBLIQUE

Cette Ode, composée à l'occasion de l'Inauguration du Monument élevé à Troyes, à la mémoire des Enfants de l'Aube morts pour la Patrie en 1870 et 1871, a été récitée par Mesdemoiselles Louise Despois *et* Juliette Mairet, *Élèves de l'École des Fabriques, le 22 Juin 1890, au nom de la* **Société de Protection de l'Enfance ouvrière.**

Ce qui fait la Patrie

His amor unus erat pariterque in bella ruebant.

VIRGILE.

Le sol où l'homme a son séjour,
Le pays qui nous a vus naître,
Et l'atelier qui chaque jour
Du travailleur fait le bien-être;
La plaine où l'œil s'égare et court,
L'église où le dimanche on prie
A l'ombre de sa vieille tour,
Voilà ce qui fait la Patrie.

*

La terre où dorment nos aïeux,
La tombe où repose leur cendre,
Où sont aussi, cœurs généreux,
Ceux qui sont morts pour la défendre;
Où la Prière vient le soir,
La main verdoyante et fleurie,
Verser son âme et son espoir,
Voilà ce qui fait la Patrie.

*

Rappelons-nous ces doux berceaux
Où, petits enfants dans les langes,
Endormis sous de blancs rideaux,
On nous voyait sourire aux anges;
Où, chaque minute du jour,
Notre faiblesse était nourrie
De soins, de caresses, d'amour,
Voilà ce qui fait la Patrie.

*

Ce petit coin de la maison
Où la flamme en l'âtre pétille,
Où le grillon dit sa chanson,
Où le soir s'assied la famille,
Où le père conte aux enfants,
Dont l'âme est si vite attendrie,
Quelques histoires des vieux temps,
Voilà ce qui fait la Patrie.

*

Cette unité de nation
Par tout un grand peuple acceptée,
Dont l'amour a fait l'union
Que les siècles ont cimentée,
Fruit des plus nobles sentiments
Où la souffrance se marie
Aux plus sublimes dévouements,
Voilà ce qui fait la Patrie.

*

La langue aussi que nous parlons,
Apprise au giron de nos mères,
Et qu'à nos enfants nous voulons
Transmettre ainsi qu'ont fait nos pères;
Si féconde en savants travaux,
Dans sa source jamais tarie,
Toujours riche en filons nouveaux,
Voilà ce qui fait la Patrie.

*

Quand l'armée, au bruit des clairons,
Manœuvre au grand pas gymnastique,
Nous la suivons, nous l'admirons
D'un sentiment patriotique.
Nous sommes fiers d'être français,
Car un français jamais n'oublie
Qu'il faut changer les noirs cyprès
En lauriers chers à la Patrie.

*
* *

Et toi, superbe monument,
N'es-tu pas aussi la Patrie?
Dans cette œuvre de sentiment
C'est la France qui pleure et crie;
Ce sont ses enfants, fiers soldats,
Qui marchent tous pour la défendre,
Au cri poussé dans les combats :
« Mourons plutôt que de nous rendre! »

*

Mais s'ils sont morts ensevelis
Hors du linceul de la victoire,
Les hauts faits qu'ils ont accomplis
Ne nous ont pas laissés sans gloire.
Quand des jours plus heureux viendront,
La vengeance armant leur furie,
Les vaincus d'hier reprendront
Tous les vols faits à la Patrie.

*

Car le vol n'est heureux qu'un temps;
Il en coûte à garder sa proie!
Si nos malheurs trop éclatants
Sur la Sprée ont porté la joie,
Les grands exemples du passé
Montrent qu'abattu par le glaive,
Un peuple à genoux terrassé
Par le glaive aussi se relève,

*

Qu'il remonte au rang qu'il avait
Par sa prudence et sa sagesse;
Et le vainqueur qui le bravait
Tombe à son tour par trop d'ivresse.
Ses succès l'avaient ébloui;
Il rêvait sa gloire éternelle;
Longtemps il en avait joui;
Un jour l'ombre a passé sur elle.

*

Et les vaincus sont les vainqueurs;
La victoire a changé de face;
La joie a trouvé d'autres cœurs,
Le pas de l'étranger s'efface.
Et de l'autre côté des monts,
Muets témoins de tant de larmes,
Accourent des milliers de fronts
Qui s'inclinent devant nos armes.

*

Alors tu reprendras le cours,
O France! de ta destinée,
Puissante contre les retours
Des maux où tu fus entraînée.
Si le faible a besoin d'appui,
Si sa détresse te réclame,
Tu verseras encor pour lui
Ton sang, tes trésors et ton âme.

*

Vous donc, vous, braves, dont les cieux
Ont recueilli l'âme immortelle,
Sur ce marbre jetez les yeux;
Bénissez l'heure solennelle
Qui consacre le souvenir
Des jours où, l'espoir de la France,
Vous luttiez pour son avenir,
Vous mouriez pour sa délivrance.

*

Bénissez-le, ce monument,
Il s'élève sous vos auspices,
Touchant symbole d'un moment
Où s'offraient tant de sacrifices.
Que sur son immortalité
Notre gloire à jamais se fonde!
Mais c'est par la Fraternité
Que se fera la paix du monde.

*
* *

Oh! la Fraternité, douce union des cœurs
Où l'on ne trouve plus ni vaincus ni vainqueurs!
Jour, ardemment rêvé par toute âme sensible,
Par tout poète ami de tout progrès possible,
Quand feras-tu cesser cet armement si lourd
Qui s'impose aujourd'hui d'Arkangel à l'Adour?
Quand verrons-nous briller l'aurore à ton portique,
Et tout peuple acclamer ta clarté prophétique?
. . . .
. . . .
Pour nous, l'espoir au cœur, poussons ce cri d'amour :
VIVE LA FRANCE! ET VIVE AUSSI LA RÉPUBLIQUE!

LISTE

DES

OFFICIERS & SOLDATS DE L'AUBE

MORTS POUR LA PATRIE EN 1870-1871

Arrondissement de Troyes

PAPILLON P.-J., Chef de bataillon.
ARSON A., Capitaine.
CAROUGEAT A.-C., Capitaine.
NORGNET C., Capitaine.
PALLU A., Capitaine.

ADAM F.
AMANDRY E.-E.
ANJOUX J.
ANTOINE J.-F.
AUCOQ A.
BARRÉ D.
BAUDIN C.
BAVOIL L.
BAZIN F.-A.
BENOIT C.
BENOIST H.
BERGEROT C.-A.-L.
BERNARD G.-D.
BERSONNET B.-E.
BERTHAULT C.
BERTRAND J.-E.
BOIVIN A.
BONNET N.-J.
BOPPE A.
BOUDIN E.
BOUILLARD A.
BRETON A.
BRION F.
BROUÉ L.

Bruger A.
Brunet J.-G.-T.
Cadet E.-L.
Candiot L.-A.
Carbillet H.
Carougeat H.
Chanteclair H.-A.
Chapplain A.-A.
Chardon G.
Chardron N.
Charier P.-E.
Charpentier E.-C.
Chevalier E.
Chusset C.-A.
Cocasse J.-L.-E.
Colin P.
Collot A.
Colnel J.-G.
Contant P.-F.
Continant A.-V.
Costel N.
Coulbaut A.
Créné L.-A.
Cropat.
Damet J.
Dargent J.-B.-A.
Dauphin C.
Debouy L.-A.
Debutor E.-N.
Décary C.
Degois E.
Delavoix Z.-E.
Delorme L.-L.-B.
Denis P.-L.-A.
Desquet A.-A.
Dosnon L.-E.
Doué L.
Drion J.-A.
Druot P.-C.-E.
Dupont F.-G.
Dupré V.
Dupuis M.
Dupuis R.-A.
Dyé A.
Dyé E.
Enfer A.
Enfumey A.
Etienne P.
Fergelot E.
Fèvre L.-P.
Fourquin E.-D.
François A.
Frémont C.-A.
Gardavot J.
Garnier C.-J.
Garnier E.-A.
Garnier L.
Gaspard E.-D.
Gateau P.
Gatouillat M.-E.
Gauthier J.-B.-A.
Gilbert M.-J.-B.
Girard Z.
Gondouin C.
Gouard E.-M.
Goué P.-V.
Gouju C.-H.
Gouley H.
Grados I.
Grados L.
Gravier E.
Grenet F.
Grenouillet A.
Grisier J.-B.

Grisier O.-F.
Grosley P.-T.
Gublin G.-T.
Guenelon C.-V.
Guéniot N.-A.
Guet E.
Guillemot F.
Guyot A.-D.
Haillot J.-B.-G.
Haillot L.
Hauvy A.
Houssaye L.
Houzelot C.
Houzelot M.
Imbert T.-L.
Jacquard E.-D.-G.
Jacquet P.-A.
Jamard A.
Jay E.-T.
Jeannard A.
Jeanne N.-E.
Joffrin T.
Jouglat F.
Kurbetz A.
Lagoguey H.
Lallement L.-E.
Laloy G.
Langard A.-N.
Langrogne D.-A.
Laribe T.
Laurence C.-A.
Laurent E.
Laurent U.
Laurin C.
Lavocat P.
Léautey E.-E.
Leclaire M.-J.-B.
Legrand S.
Legros P.
Lejuste V.-A.
Lemaire A.
Lemaire A.-G.
Lenoir A.-A.
Leproux H.-N.
Lionnet A.-O.
Lionnet A.-O.
Lionnet S.-E.
Lorne A.-V.
Lorne E.
Lorne F.
Louis E.
Loyauté P.-S.
Máguelonne A.
Mahaut L.-E.
Maillard A.
Maillet A.-A.
Maison E.-M.
Maitre N.
Marest E.-V.-E.
Margery E.
Marguerite E.-H.
Marie C.
Marnot E.-G.
Marot A.
Marot B.-A.
Marteau J.
Martinet A.
Menneret P.
Merckel P.
Messager L.-N.
Meunier A.
Meunier G.
Michaud G.
Michel L.

MICHEL L.-A.
MICHEL L.-J.
MILLARD C.-L.
MOGUET J.-S.
MONNERAT H.-V.-E.
MOREAU J.-L.-F.
MOREL J.-N.-D.
MORIZE D.
MORVAND A.
MUZEY M.-A.
NOCHÉ D'AULNAY P.-A.
NOEL A.-F.
NOEL L.-G.
OBERLIN J.
PAINTENDRE L.-E.
PARIGOT E.-J.-B.
PAUTRAT P.
PAYN L.
PELLETIN E.
PERSIN L.-F.
PERSON E.-N.-O.
PETIT E.-A.
PETIT J.
PIAT T.-A.
PIAT H.
PIAT N.-F.
PIAT Z.-A.
PICHOT A.
PIERRE A.-E.
PIERRE L.
PILLON L.-H.
PINSOT E.-M.-A.
PINSOT G.-D.
PIOLEY L.-P.
PLUOT E.-J.
POCHINOT V.
POIRIER N.
POULET A.
POURILLE F.
PRÉAU E.
PRÉVOT V.-A.
PRIOUX P.-M.
PROTIN E.
PRUDHOM C.-Z.
RABY M.-E.
RAOULT L.
RAPICAULT J.
REGNER A.
RÉGNIER J.-B.
REMY A.-A.
RÉVEILLÉ A.-V.
RÉVEILLÉ D.-L.
RICHARD F.
RICHARD C.-N.
RIVET J.-N.
ROBIN E.
ROGER D.-E.
ROTH E.
ROUSSELLE E.
ROUVRE J.
ROYER A.
ROZIÈRES N.
RUTOT C.-A.
SAINT-REMY G.-G.
SAINT-REMY P.-L.
SAVEL P.
SEMAINE A.
SEMELET E.
SIKOWSKI C.
SIMARD E.
SIMONNET C.
SIMON V.
TARTARY T.
TESTARD H.-N.

THIESSON C.-C.
THILLARD F.
TOULOKOWITZ L.
TRUCHY B.
TRUCHY H.-B.
VACHERAT L.
VACHERAT P.-E.
VACHERON C.-G.
VALANGE P.-T.
VALLENOT J.-B.
VALLON P.-C.
VALTER J.-B.
VERRIER P.-A.-E.
VIARD G.-M.
VICTOR J.-F.
VIEZ A.-A.
VINOT G.-L.

Arrondissement d'Arcis-sur-Aube

COMTE DE DAMPIERRE (PICOT), Commandant.
MARTIN M.-P., Capitaine Chef de bataillon.
FOSSOYEUX C.-J., Capitaine.
MARTIN F., Lieutenant.
BAILLET J.-B., Sous-Lieutenant.

AUBERT P.-P.
BABOT A.-B.
BAILLY E.
BARBARANT F.-A.
BARBOLAIN E.-S.
BARROIS A.
BAUDIN E.-S.
BAUJOIN P.
BERNARD E.-E.
BERTHE J.-B.-E.
BEUVE J.-A.
BILBAULT E.-N.
BOUCLIER E.-E.
BOUDE A.
BOURGUIGNON L.-J.
BRIOT J.
BRUCHON J.-A.
CAILLET S.
CAILLET S.-E.
CARROY M.-A.
CHAILLOT E.
CHARTON A.-O.
CHATEL A.-E.
CLÉMENT A.

Clément A.
Clément E.
Clément L.-T.-S.
Clivot J.
Clivot J.-B.-Z.
Colin C.-A.
Collot A.-O.
Coulon J.-E.
Dehan A.
Dehan E.-L.
Deheurle T.-A.
Delatour H.-J.
Det P.-E.
Drothier H.-A.
Dubois V.-B.
Dupont E.
Félix N.-S.
Ferrey A.
Ferrillon J.-A.
Fèvre A.-E.
Fèvre P.-A.
Forgeot P.
Foy A.-E.
Fricault A.-V.
Gamichon L.
Gauthier E.-A.
Gauthier J.
Georget H.-N.
Godier L.-A.
Godon P.-A.
Gombault A.-S.
Gotroh A.-E.
Gouverne A.
Grangé A.
Granmont A.-R.
Guyot H.-T.
Hémard M.-A.
Henry A.-O.
Henry C.-E.
Henry E.-A.
Humbert E.-A.
Jobé I.
Lambert C.-G.
Laurain F.-L.
Laurain L.
Lefèvre A.
Lefranc A.
Lelarge E.-H.
Lemoine C.-W.
Loison L.-E.
Lugnier F.-P.
Magnien C.-O.
Maillard J.-P.
Maillot A.-D.
Malvernat A.-A.
Mauclair J.
Mauclair J.-A.
Mauvignant L.-Z.
Menuel G.
Menuel I.-J.
Mercier L.-E.
Moule J.-H.
Mugot S.
Ninet H.-J.-B.
Pajot F.-T.
Pajot M.-A.
Paris F.
Paulin N.-E.
Pestelard H.-A.
Petitjean E.-G.
Petitjean P.-L.
Philippe A.
Piquet A.-A.
Piquet A.-A.

Quellard S.
Quentin J.-E.-P.
Richon A.
Richon J.
Rivot A.
Rohrmann P.-J.-B.
Roussat G.-E.
Royer A.
Royer A.-A.
Royer C.-E.
Royer E.-L.
Royer G.-R.
Rozoy A.
Sainton L.-C.
Saucey L.-S.
Seurat A.
Simart A.
Simon E.-H.
Theil G.-A.
Thibaut A.-C.
Thibaut B.-A.
Thiébaut G.-A.
Tintrelin A.
Vallois L.-N.-S.
Vion L.-C.-A.
Virey E.-A.
Wolff A.

Arrondissement de Bar-sur-Aube

Brajeux L.-T., Sous-Lieutenant.
Chamerois B., Sous-Lieutenant.
Jeanson J.-J.-B., Sous-Lieutenant.
Oudin E., Sous-Lieutenant.

Ambonville F.-A.
Arnoult A.-F.
Arnoult F.-E.
Arnoult L.-A.
Babel E.-A.-E.
Bablin A.
Bailly J.-E.
Bardeaux C.
Baudoin A.
Baudoin L.-A.
Baudoin B.
Beaussire C.-N.
Beauvalet G.
Beauvallet G.
Belfort P.-N.
Bellavoine L.-V.-C.-A.
Bénad F.
Bernard L.
Bertholle A.
Bertrand L.-E.-N.

Bocan V.
Bogé M.
Bogé V.-V.
Bonsoir F.-H.
Bouguet F.-C.
Bourcier H.
Bourgeois J.-B.-O.
Bourgoin J.-A.
Bourlon C.
Bouvier F.
Breton A.
Brisbart T.-G.
Brodier J.-A.
Brugière A.-S.
Bureaux J.-F.
Chardon A.
Chatel A.
Chatel E.
Chatel G.
Chevalet M.-L.
Chrétien G.-J.-B.
Cœurdeuil J.-B.-M.
Coquard N.-T.
Coquin H.
Coquin J.-B.
Coulon V.
Dangin N.-J.-V.
Dany A.-L.
Darnet E.-F.
Dautel J.-A.
Delaigne N.
Delaine F.-M.
Delaine P.
Denert C.-A.
Dinant A.
Dinant J.
Doussot E.
Doussot E.
Dubreuil J.
Dupré L.-N.
Dupuis E.
Euvrard L.-L.
François M.-A.
Fricot L.-L.
Fromageot C.
Gaillard N.-C.
Gauthier J.-L.
Geoffroy F.
Geoffroy J.
Gillot E.-A.
Goncet A.-N.
Goutorbe C.-J.
Grenier E.-M.-A.
Grillot E.-A.
Grillot P.
Grimont C.-O.
Guillard D.
Guillaume J.-A.
Guillaumot A.-L.-S.
Guillaumot G.
Guilleminot A.-H.
Guyot P.
Hauthelin E.-U.
Huet A.
Jacquemin J.-B.-A.
Jacquot P.-J.-B.
Jardin J.-B.-A.
Jeanson J.-B.
Jeune J.-B.-L.
Jully C.-J.
Jussy J.-B.-E.
Jussy U.-J.-E.
Lallement J.-A.
Lambert V.

Lamoureux N.
Laurent E.-L.-A.
Laurent P.
Laurin J.-E.
Leclerc L.
Lefranc J.-A.
Léglise L.-N.
Legrand A.
Lespriller E.
Lorey J.
Louinet N.-C.
Louis C.-S.
Maigret A.-J.-B.
Maillard A.-E.
Mailliard F.
Maitret J.-B.-H.
Marciaux A.
Marciaux N.
Maréchal N.
Marlot A.
Marnat F.-G.
Masson L.-T.
Mille L.-E.
Millet C.-J.
Miroph P.-J.-B.
Morandon P.-V.
Moreau G.-Z.
Moret G.-A.
Mougin I.-F.
Nicaisse P.
Noblet H.-H.
Pacquetet N.-A.
Petit F.-S.
Phelizot A.-A.
Pierre H.-D.
Pierron L.
Pincot J.
Poinsot J.-B.
Poissenot F.-H.
Polot E.-A.
Pothier E.
Privé A.
Prot Z.
Racoillet E.-T.
Renault L.
Régnier P.-F.
Rigollot F.-E.
Rivot T.-E.
Robin A.
Rousselle A.-H.
Rousselle F.-D.
Ruotte J.-H.
Sekely J.
Senot V.-C.
Seure J.-N.
Simonnot N.-L.
Tassin E.-L.-M.
Tassin J.-Z.
Trousselard H.
Vaché T.
Vacherot E.-F.
Vaillant J.-A.
Vallenot J.-B.
Vauthier A.
Vauthier J.-B.-J.
Vielhomme J.-B.
Violette J.-B.-A.
Vincent E.-G.
Vinot E.-C.
Vinot G.-T.
Vinot N.-V.
Voirin P.
Vouriot N.-E.-M.

Arrondissement de Bar-sur-Seine

GUILLEMINOT C., Lieutenant.
LUENBERGER H., Lieutenant.
BOURLIÈS C.-E., Sous-Lieutenant.
GOMBAULT M.-A.-P., Sous-Lieutenant.
HARVIER F.-P.-J., Sous-Lieutenant.

ALBRIER E.
ALVISET E.
ALVIZET J.-B.
ANDRÉ J.-E.
ASSEMAT E.-J.-B.
BALSON A.
BARBIER E.
BAUDON H.
BELLIARD J.-B.
BELLIARD L.
BELNOT A.
BERTAUX J.-B.-F.
BÉZIN A.
BIDAUT A.-Z.
BIDAUT J.-A.
BILLON N.
BLAISOT A.
BOISSEAU F.-C.
BOIZOT C.-E.
BORGNIAT N.-F.
BOURGEAT F.
BRAUX J.-G.
BRISON C.-V.
BRISON F.
BRISON P.
BROCARD T.
BRON N.-F.
BRONE P.-N.
CAMUS J.-A.
CAMUS N.-A.
CARLOT J.-A.
CHAMEROY E.-N.
CHAPPLAIN A.-A.-F.
CHAPPRON J.-B.-T.
CHARIGOT J.-S.
CHARLOT P.-J.-B.-D.
CHAUCHEFOIN L.
CHEVILLON A.
CHOISY G.-A.
CHOISY G.-E.
CHOLOT E.-A.
CINGET F.
CIRBEAU A.-L.
CLÉMENCEL F.-P.
COLLIN A.
COLLIN R.-J.-E.
COQUERET H.-A.
CORNIBERT P.

Corthier J.-F.
Cotton C.
Daniel V.-M.
Decesse J.-B.-V.
Defrance J.
Delestre A.
Dester P.-E.
Devanlay N.-F.
Didier A.
Didier E.
Diligent G.
Dosnon A.-P.-J.
Douet F.
Doussot N.
Doussot V.-H.
Driot I.
Duban C.-A.
Ducloux A.-N.
Dumont A.
Etienne A.-F.
Farinet G.-N.-A.
Faussion E.-N.
Favier E.
Feuillebois A.
Fèvre A.
Fèvre C.
Fèvre O.
Fleury P.-L.
Flouet L.-L.
Fournier A.
Frincenet A.-F.-G.
Fugère N.-N.
Gard F.-A.-F.
Gariot L.-O.
Gariot N.-A.
Gauthier P.-A.-A.
Gauthrin S.
Giffard P.
Giraudon J.-B.-E.
Gobert P.
Gobin M.-E.-G.
Godin H.
Golaudin A.
Gosset J.-B.-L.
Gouget J.
Grados J.
Granger A.
Guénard J.-F.-J.
Guénin E.-P.
Guéniot E.
Guichard G.
Guillemin A.
Guillemin J.-N.-E.
Guillaume J.
Guillaume J.-C.
Guttin A.-C.
Harvier H.
Hérard A.
Hérard J.-A.-A.
Hérard L.
Hugot H.
Hugot H.
Hugot J.-B.
Isambert F.-P.
Jassiel T.-L.
Jeannard E.
Jossot D.
Juchat P.-C.
Lachal A.-C.
Laculle P.-J.
Laguillaumy V.
Lainel J.-B.
Lamblin C.-H.
Lane A.-B.

Lardin C.
Laribe T.-A.
Laroche O.
Laurent E.
Laurent M.-A.
Laurey N.-S.
Lièvre N.-L.-E.
Loiselet A.
Marcel A.
Maréchaux P.-Z.
Martin F.
Massin E.
Masson J.
Masson J.-G.-E.
Mathieu T.-F.
Michaux G.
Millard M.
Milley A.
Millon F.
Millon E.-J.-B.
Mollot A.
Mongeot A.-A.
Morel J.-B.-H.
Pallerat E.-L.
Paimbaut A.-A.
Paris F.-L.
Paris J.
Perdrisot L.
Pernet E.
Petit N.-G.
Petit S.
Piardon A.-L.
Picardat E.-G.
Picq G.
Pidansat A.-V.-N.
Pillard J.-E.
Pillot J.-B.-J.
Pochet J.-C.
Poinsot J.-B.-N.
Pointu A.-E.
Presson E.
Prugnet E.-N.
Prunier H.-A.
Quinot J.
Regnault V.
Régnier J.-B.
Rézet H.
Ribault C.-N.
Richard A.
Roblin E.
Roch A.-C.
Rochefort P.
Rocher S.-E.
Roger J.-O.
Rollin D.
Rollin N.-I.
Rosières A.-A.
Roussel J.
Rouvre C.
Roux E.
Roux V.
Royer A.-A.-B.
Roze A.
Ruelle P.-A.-E.
Sauvage J.-B.-G.
Seichefoin P.
Simonnot J.
Tabouin L.
Tacheron A.
Tambourin F.-J.-B
Tappret A.
Teinturier A.
Tétard L.-A.
Thiney Z.

Thierry P.
Thorey J.-I.
Thorin A.
Thorin E.
Thury E.-V.
Truchy A.-A.-T.
Truchy H.-B.
Vaillant P.-L.
Vaillant J.-A.
Vallance G.-V.
Vallenot J.-B.
Verdin N.-E.
Verpy F.
Viard E.-A.
Villain A.
Vinot P.-N.
Vosdey O.-A.

Arrondissement de Nogent-sur-Seine

Joanis C.-E., Lieutenant.
Caffet P.-J.-C., Sous-Lieutenant.

André N.
Aubin E.
Augustin C.
Barat L.-D.-T.
Vve Barbier.
Bardin A.-D.
Baudry F.
Bazin A.
Bécard A.
Bécard E.
Béchard F.-E.-P.
Benoist G.
Benoit F.-A.
Benoit S.
Berillon A.
Bernardot A.-E.
Beudot A.
Bigeard P.
Billon M.
Blanchot L.
Blin J.-C.-U.
Boivin C.-A.
Bonnefoi L.-J.
Bourgeat A.
Bourgis A.-A.
Bourguignon E.
Budan A.
Buissot V.
Bureau A.
Carré C.-J.
Carreau E.
Cartier J.-J.
Chalu A.
Chercuitte A.
Cherpuiseau A.
Cherpuiseau A.-H.

Chertier E.
Clivot B.
Collet A.-L.-H.
Collet E.-D.
Collot G.-A.
Coltat E.
Coulon F.-V.
Dallisson F.
Damoiseau Z.
Dantigny S.
Dévalan F.
Dheurle F.-E.
Dheurle R.
Diot G.-A.
Doré C.
Douine J.-A.
Dupont C.-C.
Dupuis L.-A.
Fèvre Z.-C.
Foin D.
Fournier A.-A.
Fromont E.
Gatouillat A.-A.
Gatouillat M.-J.-L.
Gaupin L.
Gelhay C.-J.
Gentil L.-A.
Geollot H.-V.
Gillon G.
Gobry B.
Godier T.-G.
Godot A.-A.
Goix F.
Grisier L.-A.
Guénard L.
Guiche A.
Havard E.
Herluison E.
Herluison E.-X.
Horsin E.
Jacques V.-T.
Jacquet A.-V.
Jacquinot E.
Jasmin C.-S.
Journot J.
Jubert E.
Landry D.
Lange L.-G.
Latour A.-T.
Laurent C.-J.
Laurent H.
Laury J.
Lauxerrois C.
Lauxerrois E.
Lauxerrois E.-D.
Lecourt A.
Léger E.-A.
Legrand A.-P.
Legrand E.
Lenoir A.
Lenoir L.
Lhermey A.
Lobot N.
Lucquin F.-H.
Lucquin V.
Maget D.-S.
Maillard F.
Manigot E.
Maréchal J.-E.
Marin A.-E.
Mathé J.-A.
Merlin A.
Millet A.-G.
Millet J.

Moncourt L.-M.
Morot A.
Nicard J.-V.
Noel J.
Normand C.-V.
Paratre L.-G.
Paré I.-R.
Parisot E.-C.
Pasquet A.
Payen A.-F.
Pelletier J.-L.
Petit J.
Petit Z.-E.
Pilliet A.
Piquet A.
Quentin A.-P.
Quentin F.
Fme Quentin D.-F.
Raverdeau E.
Récipon L.-A.
Rivelle F.-H.
Rivelle J.-L.
Roby E.-H.
Rozé E.-A.
Séguin L.-A.
Siron E.
Tellier E.
Thiéblin H.-A.
Vachez A.
Vaillant A.
Vajou F.-A.
Vernier A.-A.
Vernier P.-C.
Villain A.-E.
Vincent L.
Vincent R.-A.
Viot L.-A.
Vitot V.-A.